Había una vez una

Graciela Montes

Ilustraciones de Claudia Legnazzi

ALFAGUARA

HABÍA UNA VEZ UNA

QUE NAVEGABA POR EL CIELO

COMO LOS  NAVEGAN

POR EL

DE AQUÍ PARA ALLÁ.

A VECES SE CONVERTÍA EN ,

OTRAS VECES EN

Y A LA TARDE, CUANDO EL

SE PONÍA **ROJO**, SE CONVERTÍA

EN UN

BRILLANTE .

3

UN DÍA, LA ⛅ SE ENCONTRÓ

CON OTRA ☁ , Y DESPUÉS

CON DOS ☁☁ MÁS.

Y CON CINCO ☁☁☁

Y CON MUCHAS OTRAS

QUE VENÍAN DE ~~ACÁ~~ PARA *ALLÁ*.

4

TANTAS ERAN QUE PARECÍAN UN

REBAÑO DE

QUE VOLABA.

YA NO SE VIO MÁS EL

NI LA 🌙 NI LAS ✨ .

SÓLO SE VEÍA UN GRAN

TECHO DE

6

DE PRONTO EL CIELO SE ILUMINÓ

Y UN ⚡ CRUZÓ ENTRE

DOS 🌥 🌥 COMO UN

🌳 DE 🌾 .

EL CIELO TEMBLÓ CON

UN TRUENO Y EMPEZÓ A

Y LLOVIÓ Y LLOVIÓ.

LAS 💧 BAJABAN DESDE LAS

Y HACÍAN PLAFF EN EL SUELO.

ERAN GOTAS **PESADAS** Y MUY

MOJADORAS .

ALGUNAS CAÍAN EN EL

Y SE METÍAN ADENTRO DE LA

TIERRA.

Mojaban las 🍃🍃 de los 🌳 ,

los 🐂 de las 🐄

Y LAS COLAS DE LOS 🐴 .

Llenaban de agua las 🕳️ ,

ASUSTABAN A LAS 🐔

Y PONÍAN CONTENTOS A LOS 🦆 .

OTRAS GOTAS CAÍAN EN LA

MOJABAN LOS  Y LAS

 , REGABAN LAS

DE LOS BALCONES, FORMABAN

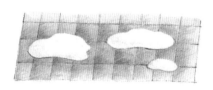 EN LAS VEREDAS

Y SALPICABAN COMO LOCAS

EN LOS

13

Y SIGUIÓ  .

LLOVIÓ HASTA EL FINAL, HASTA QUE

TODAS LAS  QUE HABÍA EN LAS

CAYERON A LA  .

ENTONCES DEJÓ DE LLOVER, EN EL

CIELO VOLVIÓ A BRILLAR LA

Y BRILLARON LAS

14

TAMBIÉN BRILLABAN LAS

DE LOS  , LOS

DE LAS  , LOS DE

LAS  Y LAS  DE LAS

 DE LOS 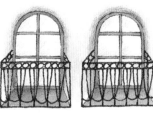 , PORQUE

ESTABAN LIMPIOS Y BIEN LAVADOS.

AL DÍA SIGUIENTE SALIÓ EL ☀

EN UN CIELO AZUL SIN ☁.

Y EL ☀ BRILLÓ Y BRILLÓ

Y ARDIÓ Y ARDIÓ.

TODO LO QUE ESTABA MOJADO SE

EMPEZÓ A SECAR.

SE SECARON LOS , LOS

 Y LAS ;

LAS  , LOS BALCONES

CON SUS  Y, UNO POR

UNO, LOS  DE LAS VEREDAS.

ESTABA LLOVIENDO AL REVÉS.

NO LLOVÍA DE ARRIBA PARA ABAJO.

ESTABA LLOVIENDO DE ABAJO PARA ARRIBA.

CLARO QUE LAS 🌧 DE AGUA YA

NO ERAN **GORDAS**, DE ESAS QUE

HACÍAN PLAFF AL LLEGAR AL SUELO.

ERAN GOTAS MUY CHIQUITAS, TAN PERO

TAN CHIQUITAS QUE HACÍA FALTA UNA

MUY PODEROSA PARA VERLAS.

ERAN MILLONES DE

INVISIBLES QUE VOLABAN HACIA

EL CIELO DONDE

BRILLABA EL

LAS GOTITAS TREPABAN BIEN **ALTO**

HASTA ENCONTRARSE CON LOS

Y CON LOS .

DESPUÉS SE JUNTABAN Y FORMABAN

UNA CHIQUITA COMO UNA .

Y LA CRECÍA Y **CRECÍA** Y SE

PONÍA A NAVEGAR POR EL CIELO

COMO LOS NAVEGAN

POR EL .

DE AQUÍ PARA *ALLÁ*.

A VECES SE CONVERTÍA EN ,

OTRAS VECES EN

Y POR LA TARDE, CUANDO EL

SE PONÍA **ROJO**, SE CONVERTÍA

EN UN

BRILLANTE COMO UN .

PARTICIPARON EN ESTE LIBRO

LA NUBE

LA LLUVIA

EL SOL

LA LUNA

LAS ESTRELLAS

LOS ANIMALES

LAS PLANTAS

HICIERON ESTE LIBRO

GRACIELA MONTES

Nació en Florida, Buenos Aires.
Es una sobresaliente escritora de libros para jóvenes y niños.
Ha publicado más de setenta títulos, entre los que se encuentran
Otroso, Las velas malditas y *La batalla de los monstruos y las
hadas.* Entre otras distinciones, obtuvo el premio Lazarillo
en 1980.

CLAUDIA LEGNAZZI

Nació en 1956. Estudió Bellas Artes en la Escuela Prilidiano
Pueyrredón y desde 1958 se dedica a la ilustración de literatura
infantil, se radicó varios años en México y a partir de 2004 reside
nuevamente en Argentina. En el 2002 recibió el gran premio en el
Noma Concurso de Japón de la UNESCO, Asia.

HABÍA UNA VEZ UNA NUBE

© 1990, Graciela Montes
© 2005, Graciela Montes y Claudia Legnazzi
© 2005, Aguilar, Altea, Taurus, Alfaguara S.A., Buenos Aires, Argentina

© De esta edición:
2006, Santillana USA Publishing Company, Inc.
2023 NW 84th Avenue
Miami, FL 33122, USA
www.santillanausa.com

Diseño de colección: Manuel Estrada
Realización gráfica: Alejandra Mosconi

Alfaguara es un sello editorial del Grupo Santillana. Éstas son sus sedes:

Argentina, Bolivia, Chile, Colombia, Costa Rica, Ecuador, El Salvador, España, Estados Unidos, Guatemala, México, Panamá, Paraguay, Perú, Puerto Rico, República Dominicana, Uruguay y Venezuela.

ISBN: 978-1-61605130-3

Todos los derechos reservados. Esta publicación no puede ser reproducida, ni en todo ni en parte, ni registrada en o transmitida por un sistema de recuperación de información, en ninguna forma ni por ningún medio, sea mecánico, fotoquímico, electrónico, magnético, electroóptico, por fotocopia o cualquier otro, sin el permiso previo, por escrito, de la editorial.

Printed in USA by NuPress
18 17 16 15 14   1 2 3 4 5 6 7 8 9